방윤희 제2시집

# 신이 내린 이정표

문예출판

# 인사말

어려서부터 책 읽기를 좋아하고 글쓰기를 평생 하면서 문학
이란 큰 그림을 동경하면서, 취미로 글을 써왔습니다.

詩歌흐르는서울 문학회를 통해 존경하는 김기진 대표님의
명강의를 들으며 나도 시인이 될 수 있다고 하는 자부심을
품고 시를 더 열심히 쓰기 시작해서 첫 시집 발간하게 되었
고 그 경험에 이어 두 번째 시집을 내게 되었습니다. 평범
한 사람인 저를 시인으로 키워주시고 오늘에 이루게 이끌어
주시고 가르쳐 주신 김기진 대표님께 감사 인사드립니다.

아울러 詩歌흐르는서울 문학회의 무궁무진한 발전을 기원합
니다. 미흡한 제 시집을 읽어주시는 독자분들께 감사의 인
사를 드립니다.

# 서문

방윤희 시인의 제2 시집 『신이 내린 이정표』에서 높은 고갯길을 넘고 넘어 한 가정을 손색없이 꾸려가며 자신이 삶을 눈물로 엮어가는 것을 엿보게 되었습니다. 내뱉고 싶은 한과 말을 꾹꾹 참아가며 하루하루 삶을 이어간 방윤희 시인께 박수를 보내고 싶습니다. 서문은 문단 원로 선생님이라 문단 스승님께 부탁하는 것이 상례이지만 저에게 서문을 부탁함은 함께 신인상을 받은 동기로 부탁함에 가분하고 부족하지만, 한마디 축하를 드리고 싶어서 감히 머리말을 쓰게 되었습니다.

바다 깊숙한 곳에서 진주를 캐내듯 아름다운 보석이며 꽃입니다. 일신우일신日新又日新 내 인생 밝고 행복하게 영위하며 날마다 일취월장日就月將하는 시인 동료로 친구로서 건필을 빌며 제2 시집을 축하드리며 가슴속에 쌓인 모든 것 남김없이 통해 내시길 기원합니다.

2022. 10. 20
문우 이순재 시인 드림

# 제1부 신이 내린 이정표

# 제2부 억새 동산에서

# 제3부 봄 기다리는 마음

# 제4부 인생의 가을

# 제5부 겨울로 가는 풍경

# 제6부 추억의 메아리

# 제1부 신이 내린 이정표

# 신이 내린 이정표

너를 향한 간절히 기도
그리운 마음결의 밀어
내 가슴 한구석
차곡차곡 고이 접어놓고

학 갑에 숨겨놓고
어쩌다가 생각이 날 적마다
오래도록 쌓인
무지갯빛 고운 순정

빛깔은 바랬어도
얄궂기만 한 운명에
잠 못 드는 밤
야윈 목소리 들릴 것 같아

계절이 오가는 길목
어딘가에 부르는 손짓 하나
그렇게도 많은 날이
곰 삭혀 흘러가고

숙명의 이별 손수건 적신
보내는 마음 떠나는 마음
애틋한 심정만이 한결같아
인연이라면 또 만나겠지

# 존재

황금으로 채색한
그림을 그리고 나면 퇴색되고
자줏빛 보석처럼 아름다운 꽃잎
늦가을 내린 서리 속에 시들고

골짜기를 휩쓰는 세찬 홍수는
들에 밀려가면 온순해지고
황금 들판에 풍성한 벼 이삭도
날카로운 농부의 낫에 쓰러진다

넓고 화려한 비단은
재단사의 가위에 잘리고
금지옥엽 아들딸들도 언제인가는
저세상으로 가거늘
모든 존재가 그림자와 같고
이 한 몸이 덧없음을 생각하노라

# 세모의 풍경화

살아남기 위해 스스로 옷을 벗어버린 나목
스산한 진눈깨비 세월의 찌든 때 씻어주고
뽀얀 안개가 여명을 열어 주는 세모에
지나간 연륜의 묵은 찌꺼기 산책길 뿌리고
호젓이 걷는 발길 아래 우수와 고독이 머문다

눈에 잘 띄지 않는 바람 잦은 외로운 길가
피었다가 지는 한 떨기 들꽃 같은 인생
보잘것없는 내 삶의 한 모퉁이에서
겨울만큼은 누군가로부터 깊이
사랑받는 존재이고픈 마음 이여라

이제 일 년 치의 손때가 꼬질꼬질하게
묻어있는 빛바랜 달력 내려야 하는
송년회가 요란스러운 골목길 배회하는
집 없는 고양이처럼 갈 곳 없는 마음
동 병상 인의 처지이련마는

노점상 고소한 붕어빵 속에 부풀어 오른
수증기 방울 같은 희망 모락모락 피어나고
새벽시장 상인 피여 놓은 모닥불 온기처럼
꺼지는 한이 있어도 드러눕지 않는 용기로
잉크 냄새나는 새 달력 내 작은 역사 써 놓으리

동지가 지나 노루 꽁지만큼 길어진 햇살
흥청거리는 유흥가 건물 앞 나목에 피어난
크리스마스트리 영롱한 빛깔의 향연은
잔잔히 메아리치는 캐럴에 욕망의 전차 타고
한편에선 자선냄비 종소리 한해를 저물게 한다

보석으로 부는 칼바람 옷깃 추켜세우고
이따금 떨어지는 마지막 잎사귀 밟으며
총총걸음으로 가로수 그림자 함께
휘청거리는 거리 밀려가고 밀려온다
나도 그렇게 떠밀려 묻혀가는 세모가 된 듯


2011. 12. 25 명동 거리에서

# 현재를 위해서 준비된 시간

한 사람을 사랑하고
삶의 길을 함께 한다는 것이

내 인생의 어떤 자리에서든
간절한 그리움으로
당신 그려 본다

현재를 위해서만 준비된 시간
가슴에 둔 한 사람 외에는
그 누구도 남지 않았다

살아 있음이 오직 당신만을 위한 것
하루의 찰나도 유한한 것도
무한한 것도 내게는 없는 듯하다

바라보고만 있어도
빈 가슴의 아픔 고통 들이
당신으로 채워져 가고

나를 잊으며 사는 내 영혼과 행복이
영원히 깨어지지 않고 있는 것은
아마도 내가 살아 있기 때문

# 코스모스 꽃길에서

허허로운 들 밭길 양옆에
심어 놓은 코스모스 하늘하늘
가녀린 목 드리우고 춤춘다

꽃이란 꽃은 된서리 오기 전에
지레 겁먹고 움츠러들었건만
가는 목 치켜들고 허수아비 바라보며

어쩌다 스치는 찬바람에 한들한들
묵례하고 애무하며 버티고
조석으로 찬 서리 맞아내고 있다

마지막 가는 계절의 길가에서
내년을 기약하는 열매 맺으려고
여린 잎 펼치고 안간힘 다해보며

겨울 찬 바람 불어 얼어붙기 전에
한 톨의 씨앗이라도 건져보려고
눈물겨운 생존의 저력을 보여 주고

모두 떠나간 허전한 들판
너 홀로 남아 향연 베풀고
오가는 길손에게 꽃잎 흔들어 준다

# 우리 집

우리 집 시아버지 막걸리 대장
우리 집 시어머니 잔소리 대장
시누이 연애 박사
시동생 골목대장

막걸리 대장 잔소리 대장
연애 박사 골목대장
집안 꼴이 우습구나

우리 집 시아버지 마적놀이
우리 집 시어머니 화투 놀이
시누이 풍각쟁이
시동생 게임 대장

마적놀이 화투 놀이
풍각쟁이 게임 대장
우리 집은 풍비박산

# 어디까지

어디까지 왔느냐 봄까지 왔다
어디까지 가려니 여름까지 간다
누구하고 가려니 봄여름 함께

어디까지 왔느냐 여름까지 왔다
어디까지 가려니 가을까지 간다
누구하고 가려니 여름 가을 함께

어디까지 왔느냐 가을까지 왔다
어디까지 가려니 겨울까지 간다
누구하고 가려니 가을 겨울 함께

어디까지 왔느냐 겨울까지 왔다
어디까지 가려니 봄까지 간다
누구하고 가려니 겨울 봄 함께

# 돌고 돌아

봄이 가니 여름 오고
여름 가니 가을 오네
가을 가니 겨울 오고
겨울 가니 봄이 온다

지구도 돌고 돌아
시간도 돌고 도니
계절도 돌고 돈다

# 철새

파랗게 밀물져간 그리움들이
모래톱 잿빛 추억으로
굴곡지고 얼룩져 갔는데

못다 한 아쉬움 퍼덕이는
날개 속에 묻히어
안개빛 잔영으로 남기고

수면을 박차고 솟아오르는 창공
짧디. 짧은 생의 고통
어설프고 지친 몸부림이지만

단 발마 같은 외마디
밤하늘 뿌려 놓고
멀어져간 메아리 여운
고단한 여정을 느끼련만

잠시 머물려 잠자던
노을 진 갈대숲 떠나!
밤으로 가야 할 이별
어려움 위에 깃털 하나
달랑 남기고 떠난다

# 바람꽃 1

내 비록
너를 향한 마음이
흘러가는 바람이라 하여도

잠시나마
피었다 지는
한 무리 꽃이라 하여도

푸른 바다를 향한
한 점 그리움
접을 수 없기에

작은 소망
꽃잎에 피워 물고
짧은 봄날 우러러보니

애잔한
꽃잎에 머금은 야윈 꿈
비바람에 찢긴다 해도

너를 향한
연민의 마음마저
차마 접을 수 없었다

# 바람꽃 2

바람결에 띄워야 할
그리움 한 조각이라도
우아한 마음은 잊을 수 없고

바다의 덩그러니
떠 있는 작은 섬이지만
누군가 기다리는 마음인데

잠시 피었다 지는
바람꽃처럼 사라질
보잘것없는 꽃이라 하여도

한 떨기 가슴속에
서리서리 품은 연민
끝내 접지 못한다 하여도

바람꽃 너는
내 가슴 속 오롯이
한 떨기 꽃으로 피어 있어라

# 기러기

따뜻한 남쪽 바다
어딘가 유토피아를 찾아
휘영청 둥근달 이정표 삼아
머나먼 곳으로 여행하고 있다.

파리한 몸매 긴 목 빼고
조금은 아쉬운지 허공에서
끼익 끼익 피 울음 흘리면서
밤하늘 가로질러 날아간다

먼동트는 현란한 타향의 아침
간밤의 여독 뜨는 별에 주고
신천지에 활강한 날갯짓
기지개 켜고 해감내 맡으리

# 못내

못내 아쉬운 마음
한편 어딘가에 묻어나는
작은 그리움 하나

가여운 연민 하나
그리다 지쳐
뙤약볕 아래 그을리다 남겨져

잔뜩 오그라든 나팔꽃 잔향
여름 내내 늘어진
옥수수수염의 침묵

갈매기 울음소리
자지러진 초저녁
고독에 몸부림치는
네 목소리가 들려

끝내는 아쉬움이
마음속 파문이 인다

# 열차에 몸을 싣고

두 줄기 철길 따라
기차는 씽씽 달린다
석양 비낀 저녁노을 배경으로
동해안에선 따라서
이 몸 싣고 달리고 달린다

네온등이 비추는 열차 안
책을 보는 사람
스마트폰 보는 사람
게임에 빠진 사람
퇴근길에 오른 사람

각양각색 사람들 싣고
열차는 횡성 둔내 사이로
질주 같이 달린다
서울에서 강릉으로
강릉에서 서울로

# 등산화

주말 아침이다
등산화를 꺼내놓고
수락산 갈까. 도봉산 갈까

주 5일 근무 스트레스
등산화 신고 산행하여
쌓인 피로 풀고 싶다

신발장에서 어쩌다 나온
먼지 묻은 등산화 털어 신고
산행하는 길에 오르니
기분도 상쾌하고
발걸음도 가벼워진 듯

# 추억의 길목에서

내가 너를 사랑했던 날들
안개 속에 사라지던 날

그렇게도 목이 말라 했었던
사람의 갈증으로 아파 오고

오갈 데 없는 마음 한 자락
흐르는 강물 위에 띄워 보낸다

갈 곳 잃은 순정 없은 낙엽
정처 없이 어디로 날아가고

내 마음 싣고 물결 따라
그리움에 사연을 품고서

너를 사모했던 지난 몇 년간
나를 사랑했던 세월

저 강물로 흘러갈 즈음에
턱밑까지 치밀어 오르는 슬픔

너도 울고 나도 울고 울어야 했던
슬픈 이야기 어이하리.

이제 같은 하늘 아래 떨어져서
별을 보며 눈물 흘릴 텐데

아쉬운 이별 아파하면서
기약 없는 재회를 꿈꾸어 본다

2018. 09. 30 한강 기슭에서

# 념손 1

몇 번을 패대기 치한 희한
군더더기 얼룩진
가슴 한편에 접어버린 그리움

벌레 먹은 떡갈나무 잎
나무 구멍 속으로 내다본
그 옛날 유년 시절의 하늘
신비롭던 꿈 아스라한데

파란 하늘 점점
한 조각 흰 구름 되어
돛단배처럼 흘러간
먼 옛날의 추억
못내 아쉬워 한 조각
마음결에 파도만 일렁이고

가고 없는 고운 임
환상이 알른거려
아침의 신록 위로
더없는 시간만 흐른다

# 념念 2

오지 못할 임 그려
하염없이 보낸 세월

줄달음쳐 간 인생 열차
가기 싫은 종착역

한 번도 들리지 않는
마음의 풍차는

날개조차 부서지고
영혼마저 부서지고

이제 들들 말은 김밥
바깥쪽으로 삐 쭉 나온

단무지 같은 내 신세
한껏 처량해 보인다

# 념슘 3

짝을 잃은 산비둘기 한 마리
난민 캠프 안으로 내려와
슬피 울고 간 백목련 가지 끝

우윳빛깔 백목련 봉우리가
살며시 푸른 하늘 찌르던 날에
꽃 비속에 내게로 날아온 너

네 마음 고운 백목련 꽃잎에
내려앉아 하얗게 피어날 적에
나를 향한 마음 느끼었지만

설렘 가득한 마음 하나
시간 가는 줄도 모르는 계절
온통 너를 향한 세월

뾰로통한 뒷모습 속에 숨겨진
지극 정성 너의 사랑 읽었지
덩굴장미 흐드러지게
피는 모습을 보면서

# 이별

함께 하였던 길 한 방향인데
갈래 길에서 잡은 손을 놓고
서로 다른 길 가버린 사랑

얄궂은 운명의 장난에
놀아난 사랑 나부랭이
빛바래고 석양빛에 머문다.

남남이었던 둘 사이
다시 원점으로 갈 수 없어
가슴 저리고 쓰린 마음

후회는 멀리 달콤한 사과에
인생 윤리 오간대. 없고
성당에서 들리는 종소리
심연을 헤집어 놓는다

어제의 소중한 사랑
팽개쳐야 하고
내 앞의 장미꽃 시들 적에
어설픈 미소 가슴 꽂히고
혼돈 속 꿈길로 사라져간다

# DNZ

DNZ 땅을 밟는 순간
분단의 70년 아픈 역사
너무도 가슴이 아프고 아려오는
원한의 땅

남북의 안타까운 현실
발길이 닿지 않는 비무장지대
아름다운 강산과 자연
함께 공유할 그 날을 그려
손 흔들면 반갑게 맞아줄 것 같은
지척의 고향 땅

맑은 가을 하늘 아래 보이는
북한의 금강산 댐
남한의 평화 댐
한눈에 바라보면서
분단의 70년 역사

가슴 터지게 불러보아도
그 누가 들어주지 않는
이 땅에 서서
나는 울고 있노라
가을 향수에 취해서
그리운 부모 형제를 그리며

# 제2부 억새 동산에서

# 억새 동산에서 1

하늘을 머리에 이고
사는 죄가 커서일까
깊은 첩첩 산골 두메 산간
오로지 유배 간 충신처럼
척박하기 이룰 데 없고

황량하기가 그지없는
산등성이 아니라면
황무지 다름없는 곳에서만
버림받고 쫓겨나서
구차하게 자라야만 했나

몸을 눕히다가도
이내 하얀 손 치켜들고
푸른 하늘 우러러
싹싹 비비며 천박하게
용서 빌고 있다

그런가 하면
옷깃을 여미는 삭풍이
가끔 볼 때쯤이면
쓰러진 몸 추슬러
다시 일어나서

그것도 꽃이라고
빛바랜 꽃잎 한들거린다

# 억새 동산에서 2

누가 억세 아니랄 가
억세게 자라나
모진 운명 한탄하며
날려버린 앙상한 뼈마디만을
옹골차게 꼿꼿이 세우고
그렇게만 보내야 했는데

서걱서걱 울면서
어쩌다 애타도록
하얀 눈이 그리워지면

질기고 피곤한 몸
축제의 제물로
뜨거운 불꽃 속에
미련 없이 산화 되노라면
까맣게 그슬린 재가 되어
한 많은 이 세상 온갖 오욕
모두 뒤집어쓰고 타버린 몸

꽃피고 새가 우는 봄날에는
우아한 환생을 꿈꾸면서
잿빛 세월 속으로 묻혀간다

그 위에 아무 일 없었던 것처럼
백설 솜이불 되어
불쌍히 여겨 덮어 주면
아무도 와주지 않는 하얀 겨울
긴긴밤 외롭게 보내리
봄 오는 꿈을 꾸면서

# 소령원

구름 머물다 간
아련한 준봉 아래
울창한 산림 우거져
완만히 뻗어 내린 능선

거울처럼 맑은 샘물
계곡 흠뻑 적시고
양지바른 둔덕 위에
자리한 아득한 유택
풀에 시달리고

거미줄 친 정자각
금시라도 빗장 열고
먼지 뒤집어쓴
귀신 뒷덜미
잡아 칠 것만 같다.

음향의 수레바퀴
끊임없이 비껴가고
거미줄 빼곡한
을씨년스런
이끼 낀 비석만
흘러간 옛날이여

역사의 자취 하염없이 오가는
길손 발길만 잠시나마 세우고
주춤거리게 한다.

연륜을 마다치 않고 주름진 나이테
전설 그려온 아름드리 고목 아래

선인은 말없이 잠들고

눈 부릅뜬 장군석 정적만 지키고
자애로운 미소 머금은 선 비석
켜 본적이 언제 이런 듯

길고 긴 세월 모두고
계절을 망각한 채
한 줌 불과한 흙 앳된 영혼

보시라 길손들이여
생존에 화려했던 부귀영화
일장춘몽 화려한 인생

시골의 초월한
우주의 덧없는 섭리여

누렇게 죽어가는 잔디밭 위에
고인의 넋인 양 가엾어 피어나는
애잔한 들꽃 하나


2004년 10월
영조 대왕의 상묘(숙종임금의 후궁 최숙빈의 능) 앞에서

# 허수아비의 꿈

영혼 없는 허수아비
마주 앉은 거리에 없는
하늘나라에 간 당신
별반 다를 게 없지만
이루어질 수 없는 꿈

깨여진 항아리 같은 꿈
아쉬움만이 남는 건
내 영혼도 허수아비 속에
담겨 한 줌 재가 되어
당신한테 가고 싶다

네가 허수아비이고
허수아비 꿈이 내 꿈인
허허로운 가을 들녘에서
무슨 꿈이 필요한가?
겨울이 저만치서 오는데

꿈을 같이 하여야 할
당신 없는 가을 들녘에
나 혼자만 홀로 남아서
지금 허수아비와 같이
동병상련 아픔 겪는다

2008년 11월 08일

# 허수아비 실언

풀이 죽어 앙상한 나뭇가지마다
쥐어뜯기다 잎이 떨어져 나가버린
잎사귀들 생채기에 내려앉은 우수

저물어 저 가을이 넓은 산하에
너만 홀로 챙겨진 실연의 아픔
그 누구도 알아줄 리 없겠지만

잠시나마 머물다가는 석양빛 너울
너와 내가 둘이 동상이몽 꾸는 건지
근근 연민의 정이 흐르는데

어쩌다 해오라기 한 마리 떠나가면서
한마디 울면 어깨 깃에 발 닦은 참새
동무라고 머물며 들녘 지키고

봄 기약하는 마음 깃든 벼 그루
풍년만치 그려진 잔영이 어려
영광의 추억 새김질할 겨울 맞는다.

모두가 떠나버린 텅 빈 들녘 지키며
봄 오는 꿈만을 꾸다 사라져 가야 할
처량한 신세에 내 마음을 포개어 본다

2009년 11월 08일

# 고갯길

코흘리개 어릴 적에
때 국물 줄줄 흘려
빛바래고 해어진 옷 입고
살았었던 오지 산촌

다 닳은 검정 고무신
질질 끌며 걷고 걸어
등교했던 고갯마루길
울퉁불퉁한 황무지

추수 끝나고 첫눈 오면
햅쌀을 곱게 빻아서
호박고지 듬성듬성 얹어
팥 시루, 떡 이고 가던 고갯길

가마 타고 시집와서
낳은 딸 시집보내며
옷고름 적시던 길
시집가면서 울던 고갯길

올 적 갈 적 지날 때면
어머님 추억으로
가슴 씽긋 저리고
이내 뭉클해진 고갯마루길

삭아 내린 헌 헝겊 조각
서글프게 애틋한 사연
어린 시절 뭉클한 가슴
고향산촌 서낭당 고갯길

# 서낭당

버린 자식 잘되라고
산신령에게 고사 지내고
못난 자식 키워 오신
불쌍하신 우리 어머님

자른 헝겊 매여 달아
주렁주렁 슬픈 염원
쌓인 돌무더기 속
묻히다 청운의 꿈

어쩌다가 부엉이가
큰 눈 부라리는 밤
마실 다녀오고 나면
오줌까지 찔끔거려

고향 역사 담긴
서낭당 돌무더기 속
잔상이 어른 거리여
왠지 으스스해진다.

아무도 살지 않는 고향
서낭당 고갯마루 위에
돌 하나 넓적 올려놓고
희석의 실타래 푸는데

# 해신당

일렁이는 동해
푸른 물결 위로 붉게
떠오르는 불두덩이
떡, 두꺼비 아들 하나
점지하여 주십사 고

손 닳도록 빌던 아낙
정기 받은 남근석
요리조리 만져보고
세월만 무상한데

늘 엄격한 부계사회
아들 못나 죽은 여인
원혼께 바쳐진 남근
시대만은 변했어도
신이 내려준 모성애

두 손 모아 빌던 해신당
한 많은 노송 변함없이
어제도 오늘도 내일도
푸른 바다 굽어본다

# 장독대

동녘 아침 해 장막 열고
두견새 삼복 여름 아침
멋쩍게 알리고 날아가면

초가지붕 위
수줍은 하얀 박꽃
봉 마루에 파르라니 피었다.

얼기설기 밤나무 가지 엮어
둥글게 초가집 휘감아 들은
내 고향 뒷길 마당 울타리

돌로 쌓은 아담한 장독대가
크고 작은 장독 알뜰히 품고
고추장, 된장, 간장 삭히어 준다.

하얀 광목 치마 동여매고
흰 고무신 타당 끌며
장독 뚜껑 여시던 어머니

씨 간장 항아리 새까맣게
죄고 만 조롱박 담아서
큰 항아리 간을 쳐 오신
어머님 손길

2010년 양수리 둥우리막대 머리 민속촌에서

# 홍시 꼭지

살아남기 위해
옷가지 벗겨진 몸
가뜩이나 움츠린
가지 끝에 걸린 달빛
몇 개 남지 않은 홍시
밤마다 가고 있다

차곡차곡 재워낸
낙엽 갈피 깊은 곳
푸른 여름밤
별 들의 추억 묻고
간절했던 그리움
농염하게 불었건만

얄궂은 찬바람이
흔들어대고 가면
빈 가지에 매달린
쭈그러진 꼭지만
흘러간 세월
겨울나무 혼자 운다

# 동백

구천 떠도는 가여운 영혼이
슬프고 아린 감천 사연들
꽃으로 환생했나.

엄동설한
홀로 울며불며 고이 피워 낸
뻘건 핏덩이 한이었더냐

못내 지기 아쉬워서일까?
핏자국 인양 여기저기 흩어져
낭자한 바닥 위에

아물지 않는 아픈 생채기
서슬 시퍼런 바닷바람에
그리 에이고도

감히 엄두도 못 내는 계절
서리서리 외로이 피는
숨은 넋이더이다

# 백목련

간밤에 사근사근 내리던 봄비
푸릇푸릇 새싹 틔워내고
어디선가 오색딱따구리 한 마리
숲속의 정적 깨우고 가면

산뜻하고 따사로운 봄빛이
잠자는 마른 가지 일으켜 깨우고
성미 급한 자목련 가지마다
꽃잎부터 빠끔히 하늘 엿보고

푸러 딩닝 자주색 나는
유훈처럼 풋풋하고 싱싱한
그러면서 아련한 윤기 머금은
형언할 수 없는 향기 번져 나오고

뒤질세라 봄이면 우유 마시는지
눈부신 백목련 하얀 꽃잎
여명의 햇살 살포시 비껴가면
향기로운 내음 묻어나고

표현할 수 없는 순백의 여리고
부드러운 꽃잎
목련 속절없이 자고 나면
흙 갈색 꽃잎 쓸쓸하고 처절함이란
차마 보기 민망하고 애처롭기 그지없다

이루지 못한 사랑 한으로 찌들고
짧은 봄날의 아름다운 모습
간곳없는 순결한 꽃잎 어이 밟으랴
비껴가는 발걸음조차 무겁기만 하다　　2010년 봄

## 목련화야

봄이 되면 제일 먼저
향기 날리는 목련화야
너는 왜 그다지도
일찍 시들어 가느냐
잎보다 먼저 핀 죄인가

조금이라도
남보다 먼저 봄 맞으려
온갖 풍상 이겨내고
일찍 피어 네 향기 알리고
너무 가엾게 시들어 가는구나

백옥같이 하얀
너의 순결함에 매혹되어
사랑하고 애무했는데
그리도 일찍 시들어 가는
처량함을 어이하리

짧고 짧은
네 인생 밭 밑에서
처참히 짓밟혀질 때
너의 애처로움이
내 가슴 찢는구나

정갈하고 순결한
너의 이름다운 향기
하얀 꽃잎마저도
춘정으로 담아서
봄과 함께 피고 지거늘

# 먹빛 동굴

밝혀진 바 없고
끝내 밝혀지지 않을
먹물 같은 동굴 시간

암흑 속에서
동굴은 천년만년
오랜 시간 동안
생명 길러 왔다

먹물 뿌려 놓은
어두운 동굴 안
잉태한 석筍순은
먹빛 속에서

오늘도 내일 도
새로운 생명이
천년만년 세월
천천히 자란다

# 소쩍 과 부엉

아름드리 해송이 빼곡한 숲속
서산에 저녁노을 저물어
밤은 깊어 가는데
부엉이 한 마리 구슬프게 운다
사랑을 찾는 듯

고요한 밀림 속으로
아침노을이 곱게 피어오르면
솔잎에 하얀 이슬이 아롱지는데
소쩍새 한 마리 슬 피운다
소쩍소쩍 다 소쩍

마치 흉년이 찾아올까
미리 걱정이나 하듯이

# 별빛 청하

합천 황매산
여름밤 별빛이
낭만 불러오고

별과 은하수
배경 삼아 감성 가득
빛 공해가 적어서
은하수 관찰 최고인 듯

맛장수로 소문난
합천 황매산
밤이면 쏟아지는
별빛 아래서

빛나는 삶 추억하며
별빛 청하로
진하게 한잔 또 한잔

# 반려견

여주라 강천섬 유원지
중앙광장 잔디밭에
펼쳐진 반려견들
자유분방 운동회

단양쑥부쟁이
야생화 군락지
계절별 꽃향기에 취해
반려견과 즐거움 만끽

# 사선대

아름다운 자연 풍광에
신선과 선녀가 놀았다는
설화가 전해지는
사선 대

봄에는 벚꽃이
화사한 향기 날리고
여름에는 녹음이 푸른
사선 대

잔잔한 섬진강
상쾌한 공기
국제 조각공원 찾는
인파가 밀려오고

섬진강 시원한
강물만 보인다

# 힘

거대한 바람은
위대한 에너지

청정한 수소는
내일의 에너지

신재생 에너지
철강재 그린 거 불

인류가 꿈꾸는
친환경 에너지

# 무인도

무슨 철천지원수가 졌다고
인간의 발길 거부한 처녀 섬
넓고 넓은 푸른 바다 위에
바위투성이 한 점 철새 낙원

폭풍이 밀려오면 물보라
뜨거운 태양 빛 검게 그을려
그래도 망망대해 오가는
철새들 잠시 쉬었다 가고

작은 등댓불 칠흑의 밤바다
불 밝혀 구애의 손짓하지만
스치는 배들만 보아만 줄뿐
무인도는 언제 봐도 외롭다

끊임없이 애무해주는 물보라
지겨운 파도 뿌리칠 수 없어
미우나 고우나 동거해야 하는
운명을 한탄하는 구애의 등불

사나운 바다 달래 줄 줄 몰라
갈매기 입 빌어 울고만 있고
바람이 할퀴여 생채기 암초
사계절 세월을 알려주련만

아는지 모르는지 무인도는
철새들만 주인행세 한다
널 닮은 텅 빈 가슴 한구석에
갈매기 울음만 무인도에 퍼진다

# 등대

칠흑같이 어두웠던 그믐날 밤에
어깨를 들먹거리며 울며 보챈 바다
널 향한 목마른 그리움으로 세차게
부딪치며 올 적마다 손짓하던 절규

힘에 부쳐 가녀린 빛줄기 하나로
달래주기엔 너무도 외롭던 밤
몸부림치던 성난 파도가 지쳐서
수그러들 때도 홀로 불 밝혀주던 등대

작은 별빛 품었던 서럽던 날 밤
캄캄한 밤바다 어르고 달래주지만
욕심 많은 파도는 심술만 부리는데
참아야 했던 날들 어디 한두 해이었던가

계절 비켜 철새가 깃을 날리고
몸 한 귀퉁이 내려 줄 땐 몰랐어도
떠나고 간 빈자리 슬슬 해질 때는
다시 오라고 손짓만 해보는 처지를

망망대해 홀로 서 있는 몸이라지만
외롭다 못해 굳어서 바다와 하나 되었지만
밤마다 한 줄기 빛으로 오가는
배들의 항해를 말없이 빛 쳐주는 등대여

# 바다 여행

오색찬란한 강원도 삼척
여름 담은 바다
먹빛 동굴
푸르고 시원한 계곡

횡성과 둔 내 사이로
종횡무진으로 활동하며
달리고 맛보고
쉬여가는

즐거움 누릴 수 있고
행복 만끽할 수 있는
나만의 바다 여행

# 고행의 길

아침에 잠에서 깨어나면
제일 먼저 하는 일
부모 형제 흔들어 보는 일
숨소리 가냘픈 어린 자식들
살아있는지 죽어있는지

옆집 철이처럼
영원히 일어나지 못하고
잠들어 있을까 봐

어머니가 늦어지면
가슴 조이며 바람 소리도
귀 기울이면서
가슴 태우며 뜬눈으로
새날을 맞이한다

우물집 아줌마처럼
스스로 목숨
끊으실 것만 같아서

우리의 삶은
사는 것이 아니라
살아남는 것이었고

처절한 죽음과 굶주림
고행의 길이 없는 세상
한 끼라도 잘 먹고
잘사는 세상을 원했기에

# 제3부 봄 기다리는 마음

# 봄 기다리는 마음

하얀 모자 뒤집어쓰고
풍년화 가지에 내려와

짜디짠 소금 내음 풍기는 바닷바람
동백꽃 모양 망울에 생채기 어루만져

얼어다 피는 매화꽃 망울
눈물 같은 방울로 맺혀져

거리를 오가는 아가씨 옷깃에
매달려 피우고 가슴속에 머문다

가끔 흰 눈 뿌리고 쌀쌀맞은 날씨에
잔뜩 움 추리지만 남쪽 받아 간 마음

이제나저제나
기다려진다. 따스한 봄을

# 여의도 벚꽃 놀이

늘어진 가지마다 핑크빛으로
흐드러지게 피어난 벚꽃
요염 서러운 밤에 벚꽃의 향기는
만인에게 향기 내보낸다

여의도 가로수길
활짝 피어난 벚꽃
뜨내기 장난꾼
어린애들의 웃음소리
시장판처럼 떠들썩

가요 콩쿠르 무대 펼치고
여염집 아낙네들의
열창의 도가니 이어지고
청춘 남녀 쌍쌍 파티 되어
댄스 춤추고
장기자랑 한창이고

초롱 불빛 물은 벚꽃
별빛으로 곱게 태어나
일장춘몽 밤을 맞는 밤
설레는 감동 영글어 간다

두 손 잡은 연인들
뜨거운 사랑 익어가고
삼삼오오 거니는 가족들
정겨운 마음속
아름다운 추억으로
벚꽃 피는 여의도공원

# 봄빛으로

그대는 내게 화창한 봄날
청잣빛 하늘로 다가오셨지요.

그대는 내게 촉촉이 대지를
적셔주는 봄비로 다가오셨고요

그대는 내게 뽀얀 안개 낀 봄날
백목련 마음을 담아 오셨고요.

그대는 내 가슴속에 하얀 목화솜 같은
순결한 뭉게구름 넣어주셨고요.

그대는 내게 꽃비 쏟아지는
따사로운 봄날 사랑을 안겨 주셨고요

2010. 03. 05

# 봄눈

새벽잠 깨여
창문을 여니
때아닌 설경이 펼쳐진다

남해엔 동백꽃 피는
춘삼월인데
흡사 벚꽃 같은
눈송이가 열리고

때아닌 눈꽃들
어쩌하여 지려 마는
아름답기만 하면
그저 꽃인 거지

하룻밤 사이에
빚어낸 눈꽃
해 뜨고 나면
지어질 꽃이라지만

잠시나마
호강 누린 눈길
심신에 잠겨 보는
흐뭇한 기분

2010. 03. 10

# 봄이 오면

마 파도 해안선에는
꽃 피는 봄이 오고
설렘이 가득한 하루
새파란 하늘
종달새가 날아오른다

파릇파릇 돋아나는 새순들이
꿈을 키우고 산수유 모란꽃잎에
상큼한 봄의 미소가 여문다.

지각을 헤집고 올라온
대지의 연기가 모락모락
아지랑이 피어오르고
쇠스랑 풀 논둑에 기어오른다.

쑥을 뜯고 질경이 캐어
적당히 버무린 봄 반찬
풍성하고 그윽한 향미로
흐드러지게 핀 벚꽃도
봄소식 알려준다

# 영산 진달래꽃

어둑어둑 봄밤에
비가 내리고
앞산 어디에선가
번갯불 천둥소리
요란스럽기만

맑게 갠 아침
이 산 저 산 빨갛게
진달래가 붉게 피어
산신령 조화 이런 듯

저 멀리 눈을 돌려보면
봄볕에 열을 받아
지천으로 널려진
진달래꽃 물결이
흐느적대며
능선 넘어 번져간다

현란한 초록빛 산야
눈이 부신 햇살이 머물다 가면
한껏 불타오르는
소월의 꽃 진달래
아름다운 영산의 진달래

# 봄밤에 1

어정쩡한 그리운 마음
목련꽃 봉오리 이슬져 맺히고

내 곁을 떠나고 없는 당신이
몹시도 생각나는 봄밤,

남모르게 만개하는
자줏빛 꽃잎이 먼발치서
소리 없이 다가오면

춘정에 부푼 마음 갈 곳 없어
잠 못 이르는 긴 봄밤이여

야윈 춘정에 부푼
임 향한 마음 멈출 길 없어
허전한 가슴 추억만 떠오르고

엊그제 당신 가슴에
내가 머무르고 있었고
내 가슴에 당신만 있었는데

사랑도 미움도 켜켜이
앙금 내린 속절없는 봄밤이
나를 울리고 새벽으로 달려간다

# 봄밤에 2

봄은 어느 사이엔가
부푼 목련 빛 가슴
물들이고 있는데

오로지 기다려도
찾아오지 않는
임 향한 마음

흐릿해진 별빛 사이
눈썹달 찾아올 때
밤새가 울고 간다

그리도 못 볼 연민
불면의 이불 섶 자락
아픔이 되살아나는데

어둠이 엄습해오는
적막의 강가 저편에
환생만 남아 괴로운

그립다고 말할까
망설여지는 봄밤에

# 봄비 내려

해 저문 저녁 붉은 노을
어제의 살갑던 일상 익어가고

무릎이 쑤시고 흐릿한 달무리
간밤에 촉촉하더니만

꽃망울 부품에 빗줄기
마른 낙엽을 적셔준다.

한해 겨우내 내려앉은
가지 끝 덕지덕지 묶은 때
홀가분하게 벗겨 내고

비단 구름처럼 피어오르는
새벽안개에 저마다
연지 곤지 바르기 바쁜 꽃순들

영롱한 눈시울이
촉초근하게 젖어 있는 채로
청명한 봄 하늘을
우러러 찬미하더라

# 봄 오솔길

긴 겨울 낙엽 밑에 숨죽여 지나온
숲속의 숨은 이야기

굳었던 흙살들 헤집고 부풀어 올라
곰살곳은 나무 퀴퀴한 살 내음과 어울려

물씬 번져 오는 봄의 오솔길
마음의 옷을 벗긴 자연과
대화를 나눈다

어제로 흘러가 버린 겨울 추억들
빗물 고인 웅덩이 거품처럼 표적이며

빛을 잃고 힘없이 꺼져 가지만
강가의 너 개비 발 담근 갈대 뿌리

뼈마디마다 매달린 갈대 뿌리
욱신거리는 내 가슴을 다독여 준다

# 봄비

삶이 소진되어 가는
내 인생의 혼불은
동트는 아침 햇살
비 맞은 풍년 화처럼

지난밤의 흥건한
고독을 씻어 내리고
안간힘 다해 느린
촉수 끝으로 지각 비집고

올라와 쳐다보는 대지
분홍빛 일상 뒤로
또 하나의 그림자를 남기는
새 생명을 본다.

봄비가 흘러간 공원
퍼렇게 멍이 든 자목련 꽃잎
죽어가는 꽃잎에 흐르는 눈물

아기 엄마 입김 같은
햇볕 쬔 그늘진 구석마다
초록 물감이 빗물에 번져가고

분주한 숲속은 산수유꽃 깃 점으로
화려한 향연을 위한 저마다
또 다른 봄을 준비하고 있다

# 여인의 봄

흔들리지 않고 피는 꽃 없듯이
굴곡 없는 인생 어디 있더냐
여운은 짧지만, 추억은 길어

꽃향기 취한 문밖 나들이지만
비어 있는 한 손은 허전하고
쓸쓸한 아쉬움에 봄날은 간다

가슴속 아지랑이 부풀어 올라
산비탈 밭 설피에 복사꽃 향기
봄바람 설레는 여인의 마음

# 늦여름의 산사

하늘 누비고 내려온 안개
산속 스멀스멀 휘감아 덮고
새벽녘 고요 속에 잠든 암자
이내 깨날 줄 모르는구나

촉촉 이슬 젖은 청기와
송골송골 비지땀 흘리고 나면
길게 드리워지는 아침 햇살
단청은 그 제사 빛을 낸다

실바람에 어설픈 풍경이 울고
독경 알리는 무거운 종소리
청량한 계곡 새끼 새 깨워 가면
요사해 중생들 기지개 켠다

속세에 두고 온 미련 어이하리
어설픈 백팔 배 결딴난 허리
무거운 침묵 속 가라앉은 진리
인생길 업보 달래보건만

계곡 차디찬 물줄기마다
세속 번뇌 흥과 내어 본다지만
가슴속 평화는 간곳없어
욕심 없는 산사길 헝클어진 마음

불탑 끝 하늘 우러러보다가
산정의 가을 색만 느끼고
정갈한 단청 빛깔 넋 놓고
풍광 어린 불심 마음속에 담는다

2021. 8. 29

# 그대여

그대여
단풍 지는 한적한 가을
길목 한편에 홀로 핀
메꽃 하나 보는 것처럼

그대여!
그대 마음 한 자락
칭칭 휘감아 돌아
편안한 안식 주고 싶었던
내 마음 아시는가

그대여
짧은 여름밤 유성 되어
밤하늘 가로질러
평화와 행복 찾아
내 안에 날개 내리소서

그대여
작디작은 부평초 되어
넓은 연못 떠돌지 말고
너 개비 쌓인 내 갈대에
뿌리를 두니 감아쥐소서.

밤벌레 슬피 울면
내 그대 기꺼이 맞아
꽃 피고 오곡 여무는
풍요로운 대지에서
그대 영혼 품어 주리라

2021. 08. 28

# 여름밤

저물녘 으스름한 그믐밤 눈썹달
부엉이 서럽게 울던 밤

잠 못 이루고 뒤척이며
당신의 환상만 떠오를 뿐

울고 싶도록 적막한 여름밤
아련한 별빛은 쏟아져 내리고

보고 싶다 못해 시큰둥한 마음
당신은 저 멀리 가고 없다

불러도 불러보아도
사라져간 잔영

남겨진 고목 아래 여름밤만 흐르고
그렇게 여운을 남기고 있다

# 비속에

너와 나의 추억 속 사랑
쏟아지는 장대비에
씻어 보낸다.

건더기 남으면
남는 데로 그냥 나누고
빗물에 씻겨 보내고 싶다

그래도 마음 한구석
너의 추억이 남았다면
그대로 남겨두련다.

이러지도 저러지도 못한 너
슬픈 착각 저지른 너이기에
어설픈 행동과 후회는
이제 모두 끝이 아닌가?

되돌릴 길이 없는 너와 나
돌이킬 수 없는 과거이기에
그 누구를 원망하지 않으련다

# 밤비

칠흑 같은 어두움이
도무지 지척을
분간할 수가 없는 밤

억수 같은 장대비가
온 세상을 바꾸려는 듯
세차게 퍼부어 댄다

어눌한 기분만큼이나
밤은 빗속에 가라앉아
을 씨 년 시럽 기만하는데

침전된 앙금 속으로
작은 그리움 하나가
고개를 내밀고 있다

내 명치끝에서 들먹이며
목젖까지 치미는 슬픔
밤비는 멎을 줄 모른다

# 비는 계속 내리는데

비는 계속 내리는데
내 눈물 마냥
외로움을 씻어주려 는 듯
내리고 또 내리어도

마음의 상처는
내리는 빗물로 씻지 못함을
아픔의 눈물을 씻지 못함을

어느 가슴 아픈 여인의
애잔한 사연을
품에 안고 내리는 듯

허접스럽게
너스레를 떨고 있다
그냥 혼자서 비를 맞으며

나를 버리고 가신님도
그 어디서 내리는
찬비를 맞으련만

야속한 마음 삭이기 힘들어
하염없이 내리는 눈물과 빗물이
엉키고 엉키려 내 발등을 적시네

# 장대비

지축을 뒤흔드는
하늘의 산통인가
시원한 세찬 바람
전율에 떠는 대지
양동이 쏟아붓듯
억수로 빗줄기를
세차게 퍼붓는다

시원한 여름날에
수목들 한 뭉치
쏟아낸 빗줄기가
한없이 이어지고
흙탕물 숲풀림에
요란히 흘러간다

때로는 잔잔하게
하늘이 분노해서
질타가 이어지고
속세의 더러운 때
모두 다 벗기려고
구멍이 난 하늘 사이
장대비 쏟아진다

## 너와 나의 추억

마지못해 피는 꽃 없다지만
지지 못해 안달하는 꽃도 없다

너와 나의 사랑 석양에 지고
봄 오는 밭고랑에 고인 물이다

세월 속에 점점 풍화돼가는 우리 사랑
사태 난 길섶의 흙처럼 부서지리라

기다림도 그리움도 놓아버리고
버려진 너와 나 사이 오랜 추억

세월이 가면 모두가 지난 이야기로
우리의 추억은 흘러간 흙탕물

# 제4부 인생의 가을

# 인생의 가을

아스라이 흩날리는 은행잎에서
내 인생의 황혼을 바라봅니다

낙엽 갈피에 묻힌 그리운 추억들
삭풍처럼 스쳐 간 인연의 흔적

계절의 길 한편에 울린 세모의 종소리
낙엽 쌓인 언덕 너머로 한 해가 저무는데

서로가 좋아 만난 인연이라지만
당신은 내게 있어 고운 행복입니다

먼 훗날 긴 세월 흐른 뒤에도
변함없는 소중한 내 사랑입니다

당신과 나의 인연은 고귀하고
둘도 없는 아름다운 사랑입니다

2010년 10월 15일 추석 맞으며

# 가을 아침

행복을 열어 주는
가을 아침
날씨도 시늘해졌고
환절기 일교차도 크다

시원한 바람에
파란 하늘이 예뻐
가을날에 행복을 실어
당신께 전한다

색색의 붉은 코스모스
고운 향 실린 산들바람에
가냘픈 몸 맡기며
가을 향기를 먼저 알린다

# 가을

잠 설친 눈이 오늘따라
유별나게 침침해서일까

느지막이 오는 북풍이 간밤에
영창을 요란히 흔들더니

오늘 아침 올려다보니
하늘 지붕이 높아졌다

밤새 흔들린 코스모스
해리한 긴 목 용케 견디어 내고

새털구름 닮은 세월이
서서히 가을을 몰고 온다

날랜 청설모 겨울 채비 극성떨면
은행알도 노랗게 익어간다

여름 내내 이슬 머금어
윤기 흐르던 잎 빛깔을 잃어

계절의 부침 속으로
내 인생도 저물어 간다

## 가을 사랑

하늘을 향한 그리움에
두 눈이 맑아지고
그대 향한 그리움에
내 마음이 깊어지는 가을

순하고 시원한
가을바람에
답답한 내 마음 시원해지고

길섶에 떨어지는 도토리 하나
내 안에 조심히 익어가는
추억의 마음속 고이 간직

그대 향한 사랑의 마음
시원한 가을과 함께
너도나도 익어갔으면

# 안개 낀 가을 아침

그때는 나를 팽개치고
하늘로 떠나간
네 영혼의 소맷자락
꼭 움켜쥐고 죽을힘 다해
네 바짓단 매달려 보아도
추억 속의 회한이 남아 있다

뿌연 안개 속으로
사라져간 뒷모습 잔영
나 홀로 허우적거리는 손짓 남아
목구멍 속 겨우 나오는 그 이름
아침 정적 속에 묻힌다

어쩔 수 없는 너와 나의 이별
목말라했던 명치끝 절규
안개가 휩쓸어간 가을 아침
혼자 허공에 부르는 그 이름
이슬로 맺혀 낙엽 갈피에 숨는다
.
동짓달 입동의 태양이
대지 장막을 열어젖히고
긴 비단 자락 너울 펼칠 때쯤
자지러진 탄식의 울 움마저
마냥 안개 속에 메아리쳐 간다

# 가슴설레던 가을

금시나마 미련이 남은 건지
침침한 구름이 잠들지 못한
낮달을 삼키고 토해낸다

노랗게 물든 은행잎들이
길 위에 누렇게 나뒹굴고
가을걷이로 바쁜 황금 들판

질서 찾은 계절이 수은주를
아래로 끌어내릴 즈음
혼절할 것같이 뜨거웠던
여름 태양의 밀월도 식어가고

이제 정리해야 할 시간
한 것 고운 자태 드러내다가
사그라져 가야 할 단풍잎에서
연륜의 비애를 느껴만 간다

# 가을 안개

지나간 계절의 아픔은
찾아온 기러기 대신 울고
빛바랜 가을 나무 사이로
신기루처럼 보이는 야윈 임의 환상
가을 안개의 기막힌 연출이건만

안타까운 계절이 저물어가고
남겨진 달력 한 장
가는 세월 무상함 알려주고
느끼지 못한 무딘 감각
행복으로 여기는 가을 안개

네가 떠난 길 내가 따라가야 할 길
인생길에서 헤매는 나그넷길
가을 안개가 유난히 신비스러운
아침 산책길에 내 마음 묻는다
안개처럼 사라져야 할 몸이기에

## 배반의 장미

새봄 향한 마지막 겨울눈
을씨년스럽게 내릴 즈음
배신의 장미 눈 트고

먼 남쪽 바닷가
노랗게 유채꽃 피어
봄을 알리려 기지개 켜는데
장미 너는 이제야 물오른다.

봄비가 왔다 가면
붉은 장미 줄기 밤새 자라고
꽃피울 준비 하느라
꽃망울이 방긋

# 배신의 언덕에

때로는 배신당하는 것도
이별조차도 행운

다른 좋은 기회로 인연을
맞을 수가 있기에 행운이다

배신당하고 보면 우연히 찾아오는
새로운 인연이 오래 기다렸듯이

인생에 배신당하는 것도
우연히 다가올 행운이 될 수도 있다

이별도 배신도 원망하지 마
신이 내려준 운명이려니

# 여운

비 내린 후 촉촉한 대지
뿌연 안개 속의 여운
가시어지지 않는 시야에
나지막한 그림이 들어온다.

하염없이 웅크리고
고대한 한 오라기 마음
아카시아 진한 꽃 냄새
헹구어댄 숲속 오솔길

간밤에 상견 못 한 그믐달
못다 한 이야기
잉어 비늘 같은 하얀 꽃잎을
지르밟은 산책길

두견새 울음 한 곡조 여는
검푸른 신록의 여름 길목
지나간 추억이 애틋함이
그리움 한 장으로 묻어난다

# 애정의 세월

뒤돌아본 길 어귀에 남긴 미련하나
깊고 깊은 아쉬움만 많았지만

미움도 원망도 모두 다 부질없이
멀리 흘러가 버린 애증의 세월에

하지만 아쉬움은 여전히 남아
가끔 슬퍼지기도 하지만

그건 길고 긴 서로의 사랑이
정으로 침전되어 버린 앙금이다

# 부를 수 없는 이름

우연히 인연의 갈래 속에서
헤어져 멀리 떠나가 버린 사랑

이제는 다시 부를 수 없는
먼 추억으로 보내야 할 이름 하나

그렇게도 안타까움 접어놓고
먼 하늘가에 띄워 보내는 이름

입가에 맴도는 이름 하나 놓고
가슴 저리고 눈물 삼키는 연민

그 이름 석 자 앞에 사랑의 추억
아른거리는 고운 너의 모습을

애써 외면하려 해도 그 미소는
너무나도 선해 마음 아파지고

애잔한 정만은 팽개치지 못해
잠 못 이른 베게 잇에 눈물지어

밤이면 밤마다 꿈속에 보는 너
이름 석 자 앞에 놓고 내가 운다

# 낙엽 갈피에

파랗게 스쳐 간 그리운 추억
뻘겋게 노랗게 바래진
낙엽 하나둘 떨어지고

아쉬운 미련들은
빨갛게 물든 단풍잎 되어
잔디 위로 하염없이 날아 뒹군다

핏기 잃은 계절
돌아가는 틈바구니에서
하나둘 일그러져 가는 일상

황혼의 잔영 그림자 남겨놓고
돌아올 수 없는 영혼 속으로
세월을 재촉하노라면

연륜의 아쉬운 미련 남아
화려한 꿈을 접은 낙엽
서산 너머로 사라진다

# 현충사의 가을 단풍

낙엽이
우수수 떨어지는 소리를 들으며
현충사의 잔디밭을 거닐고 있노라면
나의 심장 속에 뜨겁게 박동하는 듯
애국 충정의 붉은 넋이 장군의 불멸 넋이

붉은 단풍낙엽이 수북이 쌓인 관람 노를 거닐며
현충사의 구내 길에 들어서면
충무공 이순신 장군의 영정의 붉은 넋이
우리의 가슴을 단풍처럼 뜨겁게
타 번지게 하는 듯

설악산을 시작으로 월악산 속리산을 걸쳐
장군의 넋이 깃든 현충사에 이르기까지
가을의 정취를 흠뻑 느낄 수 있고
노란 은행나무의 알궂은 향기가
나의 가슴을 아름답게 해주는 가을

애국 열사들의 충정의 붉은 넋이
어제도 오늘도 내일도
변함없이 붉게 타오르게 하고
고귀한 영정의 넋을 이어받아
현충사의 가을 단풍은 붉게 물들어가는구나

2005. 11. 11 현충사 가을 축제장에서

# 가을 풍경

천 번 만화의 계절인 시 월 상달
지난여름 날의 불같은 정열이
떨어져 누운 은행잎들의 거리

차갑게 부는 바람 자락에 움츠려
여며진 옷깃에 스며드는 우수
코스모스 긴 목에 감겨든 연민

갈대꽃 너울에 얹어보는 내 인생
고요한 강물에 비춰내고
나뭇잎에 띄워 보낸 빛바랜 상념

구절초 꽃잎에 철퇴 내린 된서리
시월의 태양 빛에 잠시 기울어 들면
한기 겨우 피한 풀벌레 숨어든다.

메말라간 억새 줄기에 후손 맡긴
풀벌레의 기도가 메아리치면
머잖아 흰 눈이 하얗게 덮으리라

어제의 추억 뒤로한 채 거니는
가을 나그네 쓸쓸한 인생길
어깨 위에 쏟아지는 노을빛 황혼

두꺼운 잎마저 팽개쳐버린 홍시
찜해놓고 날아간 철새의 여운이
가시지 않는 뜨락 늘어진 거미줄

용케 피한 잠자리 한숨 토하고
미지근한 햇빛 날개 가다듬어

창공을 가르면 내 마음도 나런다

손사래 쳐보아도 다가오는 계절
가을 안개에 추고 떨어본
들국화 꽃잎만이
나를 향해 웃는다

# 가을 재촉한 밤비

비바람 줄기차게 퍼붓고
저만치 다가올 가을 위해
온 세상을 청소하고 있다.

가을 낙엽을 청승맞게 이고
사랑의 찬가 불러야 할 듯
가을 맞으러 꿈속에서 헤맨다

땅거미 지고 칠흑 같은
어두움에 도무지 지척을
분간할 수가 없는 밤

억수 같은 장대비가
온 세상을 바꾸려는 듯
세차게 퍼부어 댄다

어눌한 기분만큼이나
밤은 빗속에 가라앉아
을씨년스럽기만 한데

침전된 앙금 속으로
작은 그리움 하나가
빠끔히 고개를 내민다

착잡한 마음 한구석
망각 되어 진주로 알고
추억의 쏘시개 되어서
가을을 재촉할 듯 밤비가 내린다

2010. 09. 10

# 가을날의 기다림

그리워 들판에 나서면
여름 여무는 꽃향기
가을 맞음에 생기 잃어도

가을을 머물다 가는 코스모스
연분홍 꽃 총기 돌아
아름답게 하늘거리네.

솔바람 지나는 길목
기다리는 마음
마중 이런가

파도처럼 흔들림에
빨간 고추잠자리
하늘 날아오는 유영

기다림을 아는지 못 잊어
생각나는 사람
그리움의 춤 사위어라.

어제로 달려가 버린
인생의 길모퉁이에
흘흘해 남겨진 인연

내게 손 내밀고 미소 짓는
그 여린 마음 고마워서
꿈속으로 이내 달려간다

# 고향의 가을

스산한 찬 바람 불면
울긋불긋한 산과 들
실개천에 갈대꽃은
깃발부대 근무인데

누렇게 익은 들판
참새 떼가 얄밉다
산골짜기 수수밭엔
멧새 먼저 시식하고

밭 다랑채 돌 곽 담에
주렁주렁 열린 돌배
몰래 내려온 산 꿩들
이내 들켜 날아 가버린다

노랑 들국화꽃 냄새
향기 유난히도 진한데
알밤 줍다 가을 해가
뉘엿뉘엿 저물어 간다

아궁이 속 구운 밤톨
호호 불며 먹던 가을밤
다슬기 잡던 그 시절
정든 고향 눈에 밟혀

꿈속에서나 그리는
한 폭의 동양화
마음만은 엊그제인데
뒷동산 할미꽃이 부른다          2011. 09. 30

# 가을 하늘처럼

깊어만 가는 가을
파란 하늘에 드높이 걸린
홍시만큼이나 붉어진
네 입술이 그리운 날인데

흐느적거리던 은행잎이
노랗게 떨어져 깔린 보도길
지르밟고 나서는 가을 길
왠지 모르게 허전한 마음

어제로 달려간 추억들
못내 아쉬운 내 인생길
억새꽃 마르는 가을날이
강물로 마냥 흘러가고

되돌릴 수 없는 그 날의 추억
너와 나 가슴속에 아로새겨
홍시처럼 부풀어
가는 세월 어쩔 수 없어라

빛바랜 낙엽을 밟고 나면
가을 가고 눈 내리는 겨울
너와 나 손잡고 가는 계절
세모의 종소리 메아리칠 거야

# 가을 물든 여인

밤벌레들 서럽게
울어 젖히던 밤
은하수 하얀 별빛이
남기고 간 그리움

미처 쉴 곳을 못 찾은
빛바랜 낮달이
어머니의 참빗으로 남아
추억마저 들춰내고

딱지 떨어져 아문 줄로만 알던
상처가 가려워질 무렵
역시 세월 앞에 장사 없음을
이제야 깨닫게 된다.

쓰적쓰적 하염없이
떨어져 뒹군 낙엽에
인생의 허무함을 알고
늦게야 겸손해진 마음

나락이 되어 영글고
고개 숙인 난숙된 글로 남겨
적막 같은 넓은 밤바다에
유성 되어 궤적만 남기련만

기다림에 지친 여인 하나
눈부신 아침 햇살 기다려
가느다란 실 눈뜨고 그려 본
신기루 같은 임의 환상이여

# 가을 하늘만큼이나

오늘처럼 하늘이 쾌청한 날에는
내 영혼의 옷소매 한 자락 잡고서
너와 마주 보며 웃고 싶은 마음이다

코스모스의 가녀린 목만큼이나
야윈 네 마음이 마냥 그리운 것은
어제, 오늘 새삼스러울 필요가 없지만

왠지 모르게 허허벌판을 바라보면
허전한 마음 한구석에 채울 길 없기에
하얀 솜털 같은 구름만 바라보며

파란 하늘에 넋을 놓아버린
코스모스 꽃잎처럼 널 향한 마음은
가을빛에 물들어가는 단풍이 된다

# 낙엽

바람조차 요란스러워
우수수 떨어지는 낙엽
현란한 봄을 준비하는
이 삭막한 계절

쓸쓸하게만 느껴지지만
순종하는 빛깔로 가득한
자연의 섭리에 숙연해진다

내 한 몸 썩어 싹을 틔우고
생명수를 보듬어 안고서
윤회의 계절에 봄을 키우고
푸르른 계절을 누리겠지만

오늘 비록 내 마음속에도
차가운 가을비는 내리지만
저 낙엽처럼 무지개를 꿈꾸는
기다림이 있기에

동트는 아침을 맞고
더욱더 나은 내일을 향하여
힘든 고독을 참아 내리라

# 타향의 가을

먼동이 트는 이른 새벽
잔잔한 보슬비 살며시 내려
타향의 이국적 아침은 촉촉이 잦아든다

뿌연 잿빛 너울 뒤집어쓴 하늘
어제도 오늘도 암스테르담
가을 하늘은 잿빛 구름만 떠돈다

잔뜩 오만상 찌푸리고
가로수 낙엽만이 어지럽게
나 뒹굴어 물기를 머금고
윤기 찌르르한 단풍잎 사이로
청솔 나뭇가지들이 너저분하다.

일 년 365일 동안 7월 한 달
비가 멈추고 해 뜨는 타향
보슬비 내리다 해가 뜨고
무지개 비끼다가도 비가 내리고

날씨도 변덕스러운 타향
타향의 가을 아침
동면으로 다가서는 처연한 절기
유난히 오늘따라 돋보이는데

밤새 너구리가 마구 헤집고 간
낙엽 갈피마다 널브러진 추억
머잖아서 쌀쌀한 겨울이 올 듯
가을은 깊어만 가는데
나는 외롭게 홀로 서 있다

# 제5부 겨울로 가는 풍경

# 겨울로 가는 풍경

여름날 뜨거웠던 열정을 비우고
식어 내린 전원에 낙엽들 널브러져
갈 곳 잃은 마음 철새 등에 업힌다

봄 기약한 그리움 눈 속 잠들고
추억만 남은 단풍 누울 자리 찾아 떠나
잎사귀 하나 달랑 애처롭게 홀로 운다

동짓달 짧은 햇살 어우르던 감나무
까치밥 땡감 속에 쪼그라든 우수들
비워준 가랑잎만 맨바닥에 누워

잘 익은 오곡들로 출렁이는 벌판에
뒤풀이 푸닥거리한 재두루미 날갯짓
가지런한 벼 그루 풍요롭던 잔영

하얀 눈발 그려 본 황혼길 바라는 소망
검은 독수리 발톱에 그나마 치여가고
화려한 꿈 떠나간 빈 가지 걸린 달빛

야윈 가슴 삭풍에 떨고 울며
눈꽃 설거지도 하련만
삭막한 대지 위엔 메아리도 어는데

2008. 11. 30

# 설날

괜스레
언제부터인가
설날이 싫어진다

실감한
나이부터 먼저
체감되는 게 싫고

잊었던
추억의 의미가
새삼스레 느껴져

옆치기가
사라져 간 공간
손사래에 다가와

매사가
귀찮기만 한데도
빈자리를 앉는다

강산이
바뀌고도 남은
세월 지났는데도

# 그럴 거면서

속을 줄 알면서도
모른 척하면서도

일부러 외면하면서도
모른 척 시치미 떼면서도

끝내는 그렇게 무시로
사랑할 그거 면에서도

시도 때도 없이
튕겨도 보았네요

그럴 거면서
별것도 아닌데

지금, 이 순간 미워도
피식 웃으며

## 배반의 언덕

촌 칠 살인이라고 아프도록
가슴에 비수를 꽂은 말

소털같이 많은 날이 지나도
정녕코 잊히지 않더냐

대수롭지 않게 뿌려진 언어들
시원하고 통쾌했는지 몰라도

입에 침도 마르기 전에
내뱉는 거짓과 비유

어처구니없이 속아주지만
쾌도난마로 내려진 결론
이해되지도 않는다

# 순수한 사랑

어릴 적 동심의 눈으로
이성을 바라보는 것이
순수한 사랑일 것이고

해맑은 흑진주 눈동자에
세상 모든 사랑과
신비로움 그득히 담는 사랑이
순수한 사랑 일 듯

착하고 예쁜 마음
뜨겁게 끓어오르는 사랑
하얀 눈꽃 같은 마음
청순한 사랑이 행복일 듯

# 황혼의 순정

언제부터인가 내 가슴 속에
당신이 자리 잡았고
당신 마음속에 내 치지 못한
내가 여전히 눌러앉은 보금자리

서로 떨어 질 수 없는 인연
숙명으로 받아들여야 하지만
운명의 길 위에 손잡고 가는

인연의 굴레에서 해탈하려 하기보다
서로의 존재 인정하고 편한 마음으로
남은 황혼의 인생길 함께 걸으리

# 그 사람

내 인생 역전의 굴절된
삶의 한복판에서 활보하다가
멀리 사라져가고 기억의 한 모퉁이
자리 잡고 머물러 있는 그 사람

문득 무시로 떠오르는 그 사람
잊으려 해도 불쏘시개처럼 남아서
내 가슴속을 태우는 사람

낙엽 지는 깊은 가을밤
잠 못 이르게 자는 사람인데
내 상념의 주위에서 맴돌며

끈 달린 원심력 추처럼
갈등과 번뇌에서 오가며
내 마음의 계주가 되어

윤회의 계절 오가고
다가오지도 가지도 못할
가까운 거리에서
자리매김 하고 있다

# 그땐 그랬지

연분홍빛 베일 속에
게슴츠레 바라보니
능청스러운 거짓말도
멋들어지게

굶주렸던 이내 마음
콩깍지가 쓰이면
호박꽃도 아름다워
보이기만 하였는데

밀고 당긴 세월 속에
미운 정과 고운 정이
흘러가는 세월 속에
추억으로 남았더라

# 얼마쯤일까

내 인생 여정 황혼빛 길목에
우연히 만난 인연이지만

오랜 세월 만나온 우리 인연
정분은 과연 무슨 색깔 일가

사랑하는 마음 어디까지이고
마음속 셈법은 얼마나 다를까

동상이몽이라고 할까
헤아리기 어려운 마음

사랑의 색깔은 냄새마다 다르고
그리움의 성분도 다르지만

이별 뒤 돌아본 추억은
곱게 어우러진 무지갯빛 순정

비 게인 뒤 서서히 사라져간
신기루 같은 인생의 추억

# 겨울 부르는 비

달 밝은 여름밤이면 기세 좋게
보름달을 움켜잡아 보려고
푸르른 손 뻗치던 나뭇가지들

넋이 나간 듯이 한풀 꺾여서
늘어진 잎사귀들 한시름 놓고
떨어질 날만 기다리는 모습이어라

조락의 계절 앞에서 서성이다
내년을 기약해야 할 처지인데
찬바람을 곁에 데리고 찾아오는
늦은 가을에 내리는 달갑잖은 비

잔뜩 움츠러든 수목들만큼이나
마음마저도 한껏 쪼그라들어
옷깃 올려 추슬러보는 몸

하나둘 떨어지는 낙엽을 보면
비애가 쪼금씩은 느껴 질만한데
괜스레 발걸음만 빨라지는 신세여

내 누추하고 어설픈 삶의 중력은
지나간 세월 덧칠한 회한의 무게
적셔진 낙엽 갈피 묻어야 할 인생

# 겨울 연가

핏기 잃은 태양이 구름 속 숨바꼭질하면
사랑과 미움마저 찬바람이 쓸어가고
얼어붙은 대지 위에 흰 눈만이 내린다

봄을 준비하는 나무들은 땅 밑에서
조곤조곤 속삭이며 물길어 올리지만
먼바다 화신은 소식 없다

차디찬 얼음장 밑 도란도란 흐르는 냇물
겨울잠 잔 개구리 몸 뒤척여 가며
봄이 온다는 소식 알려주는데

아마도 너와 나의 가슴속 한 귀퉁이에
화사한 봄의 빛깔 물들러
꿈속 꽃동산에 얼싸안고 춤춘다

장작불의 따뜻한 온기가 남쪽 바다가
퍼져 내려갈 때쯤 한파 찬 공기도
함께 밀려갈 거야

# 겨울 낙엽송

하얀 모자를 덮어쓴 고산들
파란 하늘과 대비가 아름다운데
차가운 냉기만이 싸고도는 계곡

눈 시린 나목들이 늘어선 숲속엔
고요한 정적만이 무겁게 짓눌려
잠이든 낙엽송들 열병식 한다

초록 옷을 벗어 던지지 못한 벌로
함지박만 한 눈덩이고 힘들어
울고 있는 청솔가지 처량하고

빈 가지에 피워 문 하얀 목화솜
마를세라 벙싯한 맹아 감싸주고
흐늘흐늘 춤추다 이내 떨어진다

다채로운 서리꽃 핀 겨울나무 가지
나이 든 내 머리카락 마찬가지로 백발
하얀 옷차림 추운 지방 군대만 같다

호젓이 거니는 산책길 눈부시고
심술궂은 겨울바람 쓰적쓰적 불면
하얀 눈송이가 옷 속을 파고든다


2011년 12월 30일 천주산에서

# 겨울 앞에서

그대 떠나 텅 빈 자리에
나뒹군 커다란 오동잎 하나 '

늦가을 들녘 황혼빛 우수
저 혼자서 짊어지고
몸부림친다

유리 빛 고드름 맺힌 겨울
먼발치에서 다가서는데
편히 쉴 자리 못 찾고

안절부절 제 몸 하나 가누지 못하고
작은 바람에도
한없이 휘둘리고

화려한 날의 꿈은
빛바래 누더기가 되었는데
그리도 아픈 마음 머무르고 있다

# 12월의 겨울

그대 떠난 보금자리
찬 바람 불 적마다
노란 은행잎이
우수수 떨어진다

잎 떨어져 빈자리
봄 준비한 마음 있어
외롭지 않으련만
내 마음은 비어 있어라

철새가 머물러 간
깃털마다 여운 남기고
강물마저 얼어붙어
혼자 남은 허수아비

반쯤은 넘어진 채로
떨면서 겨울을 맞고
당신 없는 텅 빈 들판
철새들이 헤집는다

사랑했던 고운 마음
추억되어 묻힌 들녘
헤집은 지푸라기
아픔 되어 풀썩인다.

노을빛에 물들어 간
석양에 깃 찾아가고
마음 들 곳 없는 내가
하염없이 거닐고 있다          2008. 12. 08

# 겨울의 탄식

너나없이 가는 세월
잡을 수도 없다 지만은
막장 같은 세월은
괜스레 두렵기만 하다.

쌓아둔 교감 다 까먹고
돈 쓸 일은 태산 같은데
옷고름 풀어 맺은 사랑
된서리 맞은 내 인생

따라주지 않는 기력
항상 마음만 앞서고
고개 들어 돌아 본길
후회만 막심한데

노을빛 황혼길
근심 · 걱정 널렸더라
엄동설한 고목
매화꽃 피웠어도

그리운 인연 하나둘
하늘나라 떠나가고
찬 바람 부는 저 들판
무정한 눈만 내린다

# 겨울 바다

아득히 멀고 만 수평선
저 너머 어딘 가에도
봄 그리워하는 마음 하나
고이 감추고 왔을 텐데

하얀 파도 속으로
갈가리 찢겨나가는
차디찬 하얀 살점들이
갯바위에 흐트러진다

도도히 떠밀려와
거칠게 부서진 거품 속으로
묻히는 조가비가 간직한
지난여름 날의 전설들

짧은 석양빛이 춤춘다
가버린 검푸른 물결 위로
얼어붙은 겨울밤 별빛만
쏟아져 내려 스무 거리고

찌르륵 한이 많은
갈매기 울음소리는
여운마저 가물가물한데
등댓불만 저만치서 깜빡인다.

편히 재워 줄 줄 모른
모진 바람이 해송 가지 흔들고
철썩 부딪치는 파도 소리는
겨울밤 바다 가쁜 숨결

# 소한

해 뜰 녘 펑펑 퍼붓던
함박눈 꽃송이 배시시
구름 사이로
비쭉 얼굴 내밀어

창백한 미소 짓는
까칠한 태양
차갑게 얼어붙은
삭 장가지

잔뜩 움츠러든 어깨마다
종종 걸음마 한결같이
봄 기다리는 마음들인데

눈 쌓인 인생길에
홀로선 나그네
잔뜩 추킨 옷 설피에
고드름 벼락치고

뼛속까지 시려오는
소한 절기 추위에
마음은 따스한 남녘
그리워지지만
겨울 햇빛은
내 마음 녹인다

2012. 01. 06

# 겨울비

우스갯말로
소한 집에 놀러 간 대한
반쯤 치도곤 되어
얼어 죽다가
살아 돌아왔다는데

봄을 향해
줄달음 치르는가
오늘에 대한 절기
추위야 할 계절에
걸맞지 않은
겨울비가 내린다.

봄은 아직
남쪽 바닷가에도
오지 않았는데
어울리지 않는
차디찬 겨울비가
그간 쌓인 눈 녹인다

겨울 빗물 녹아 흘러들어
겨울잠에 취한
잎눈 깨우고
봄 준비하련만
내 가슴은 얼어 있다

하염없이 내리는 겨울비
물끄러미 바라보면
어느새 인가 내 마음
봄 속으로 가는 듯싶다

# 겨울 안개

봄으로 줄달음치는 계절
막다른 길목에 떡하니
가로막고 나선 겨울 안개

화려한 무대를 열어
서막을 알려주려는
신의 섬세하고
갸륵한 배려 이러나

이제 물러가는 동장군
힘없고 초라한 뒤 모습
안 보여 주려는 연막일는지도

대동강 물도 녹아 흐른다는 우수
뿌연 안개 속 모래톱에
철새들이 떠날 차비가 분주하다

새 옷으로 갈아입으려는
대지의 조용한 속삭임
지각 아래에서 몸부림치는데

지척을 분간 못 하게 한겨울 안개
밀물져 다가와 봄을 알려주고
풍년화 가지에 노란 깃발 단다


2011. 02. 20

# 삶

내 엉성한 삶의
울타리 밖에서
서성거리는 잔영

추억 한 가닥은
빗물에 씻겨 가고
계절이 비켜선
비련의 아픔도
저만치 가버리고

오수에 잠긴 저편
나를 부르는 손짓
휘젓는 허공
남아 있는 연정

내 삶의 한복판에
비켜 앉은
침묵의 세레나

# 제6부 추억의 메아리

# 추억의 메아리

추억은 지금 나에게
무엇을 가져다주는가
사랑하는 가족의 향취인가
슬픔과 고통의 아픔 이런가

기쁨과 괴로움이 엇갈려
세월이 흐르는데
추억은 예나 지금이나
아픔과 이별 슬픔의 메아리뿐

추억은 지금 나에게
무엇을 속삭여 주는가
사랑하는 부모 처자
형제의 모습인가
그대들의 절규 함성인가

세월의 눈비가 스치고
흘러 장장 20여 년
추억은 내 가슴에
영원한 아픔의 메아리

추억은 지금 내 심장에
무엇을 남겨주는가
피눈물 씻지 못하는
아픔의 상처인가

지워도 지을 수 없는
슬픔과 상처
추억은 내 심장에 멍든 피
영원히 씻어주지 못할 메아리

오늘은 지나온 날의
아픔을 추억하고
내일은 오늘의
슬픔을 추억하리

흘러간 이산의 아픔
다시 돌아오지 않거늘
오늘의 내 한 걸음 두 걸음이
먼 훗날 통일의 광장에
아름답고 영원한 메아리 되리

# 길 1

매일 같은 길은 아니었습니다.
같은 길을 걷고 골목을 지나도
그 길은 아니었다

어느 날은 햇빛이 가득히
눈이 부시고
어느 날엔 비가 내려
흐리고 안개가 끼고

어느 날엔 바람에 눈이 내려
바람 속을 걷는 것인지
길을 걷는 것인지
모를 것 같던 날도 있었다

골목 어귀 한 그루 나무조차
어느 날은 꽃을 피우고
잎을 틔우고

무성한 나뭇잎에
바람을 달고 빗물 담고
그렇게 계절을 지나고
빛이 바래고 낙엽 되고

자꾸 비워 가는
빈 가지가 되고
늘 같은 모습의
나무도 아니었다

# 길 2

문밖의 세상도 그랬다
매일 아침 집 나서고
저녁이면 돌아오는
하루를 살아도
늘 어제 같은 오늘이 아니고
오늘 같은 내일은 아니었다

슬프고 힘든 날 뒤에는 비 온 뒤
갠 하늘처럼 웃을 날이 있었고
행복하다 느끼는 순간 뒤에도
조금씩 비껴갈 수 없는 아픔도 있었다

느려지면
서둘러야 하는 이유가 생기고
주저앉고 싶어지면
일어서야 하는 이유가 생겼다.

매일 같은 날을 살아도
같은 길을 지나도
하루 삶의 이유가 다른 것처럼
언제나 같은 하루가 아니고
계절마다 햇빛의 크기가 다른 것처럼
언제나 같은 길은 아니었다

# 길 3

돌아보니 나는 그리 위험한 지류를
밟고 살아오진 않은 모양이다

남들보다 빠르게 꿈에 다다르는 길
알지 못하고 살았지만 내 삶 겉돌 만큼
먼 길 돌아오지는 않았으니 말이다

아직도 가끔
다른 문밖의 세상들이 유혹한다
조금 더 쉬운 길도 있다고
조금 더 즐기며 갈 수 있는 길도 있다고
조금 더 다른 세상도 있다고

어쩌면 나라는 사람은
우둔하고 어리석어서 고집처럼 힘들고
험한 길 걷고 있는지도 모르지만

돌아보고 잘못된 길 왔다고
후회한 적 없으니 그것으로도 족하다

# 길 4

이젠 내가 가지지 못한 많은 것들과
내가 가지 않은 길들에 대하여
욕심처럼 꿈꾸지 않기로 한다
이젠 더 가져야 할 것보다
지키고 잃지 말아야 하는 것들이 더 많다

어느새 내 나이
한 가지를 더 가지려다 보면
한 가지를 손에서 놓아야 하는
그런 나이가 되었으니까

내가 행복이라 여기는 세상 모든 것
이젠 더 오래 더 많이
지키고 잃지 않는 일이 남았다

세상으로 발을 내디디는 하루
아직도 어딘가 엉뚱한 길로 이끄는 지류가
위험처럼 도사리고 있을지도 모른다

나의 의지와는 상관없이
흘러가는 삶도 남아 있어서
아직도 세상 속으로 문 나서는 일이
위험한 일일지도 모른다

하지만 나는 믿는다.
길은 결국 선택하는 사람의 것이라는 걸
행복은 결국 지키는 사람의 것이라는 걸.

2021. 04. 12

# 너는

내가 처음 보는 너는
꽃비 내리는 봄날
하얀 목련꽃

내가 그리워하는 너는
무더운 삼복더위
시원하게 해줄 산들바람

내가 만나고 싶은 너는
불타는 가을 산
붉게 여물어 가는 단풍

내가 좋아하는 너는
세모의 종소리 울리는
하얀 눈처럼 순수한

곱디고운 겨울 석양빛 노을
얼 퀸 실타래 함께
풀어나가는 인생

너는 나의 추임새
황혼의 부풀어 오르는 꿈
너는 언제나 나의 인생

# 라인강 강가에서

밤이 깊어 짧아진 햇살
영하로 내려간 수은주
추운 아침 얼음 면적만 넓어지고
고요한 숲속 오솔길
산까치가 주인 마냥 주위 맴돌고

앙상히 뼈만 남은 가지
삭풍이 연주하는 우울한 음률
마지막 힘 다하는 잎새
감빛 같은 낮달이 걸려있는
타향의 차가운 하늘

묵묵히 흐르는 라인강 강물
추 은줄 모르는 철새들
모래톱 위에 옹기종기 모여
흐느적거리는 갈대숲 어우러져
정겨운 풍경화를 그려 낸다

여명의 햇살 길게 드리워져
보석처럼 반짝이는 물가 얼음 조각
가끔 떨어지는 마지막 단풍 잎새
강물은 저무는 연륜 실어 나르고
물끄러미 바라보는 내 마음도 흘러가

어디론가 먼 길 떠나는 철새
긴 여운만 남기고 가는 애잔한 울음
빈자리에 다른 철새가 날아오고
유유히 흐르며 포옹의 깃 벌려
라인강 잔잔한 파도만이 일렁거린다

# 백운대

동짓달 겨울 산에
우뚝 솟구쳐 오른
백운대 바위는
그지없이 차갑다

정상으로 오르는
등산객들 발자국
요란스러운데
계곡은 잠을 잔다

엊그제 조금 내린
하얀 눈이 드문드문
가랑잎과 어우러져
한 폭의 모자이크인데

영화의 침묵 서린
백운대 아래 계곡은
봄 기다리는
마음으로 가득하여 있다

# 인생의 창문

어느 심리학자의 저서에서
솔의 '창'을 읽은 적 있다
밭 전자와 같이 네 가지 면을
갖고 살아간다고

첫 창문은 나에 대해서
나도 알고 남도 안다는
지극히 일반적인 면이고
일상적인 평범한 면이다

두 번째 창은 나에 대해서
나는 알지만 남은 모른다는
그저 그런 창이지만 누구나 다
자기만의 비밀공간아 라는 것

세 번째 창은 나에 대해서
나는 모르고 지내지만
너는 나에 대해 잘 안 다는 것
유쾌하지 않은 공간인 것

네 번째 창은 나에 대해서
남도 모르고 나도 모르는
아마 영원히 모를 수 있는
잠재적인 비밀의 공간인 것

나의 창은 어떤 모양일까
생각해보면 어떤 면은 크고
어떤 면은 작고
가늠이 안 되는 인간의 창

# 내 모습

때론 나는 누구이고
나의 장단점이
무엇인지 모르고
번민에 잠겨 보기도 하지만
남들은 듣기 좋은 감언이설뿐

디지털 세계를 통해
나의 단점을 찾아내고
남이라는 거울을 통해
나 자신을 들여다보려 한다

새로운 나를 찾고
나를 발전시키는 단계를 만들고
인생의 종착점을 향해
이정표 밑에서
유종의 미를 거두려 한다

보잘것없는 내 모습을
남이라는 거울을 통하여
바라보지만 내 모습의
왜소함에서
실망도 좌절도 해본 후
오늘에야 항로를 수정하련다

# 아프지 말아요

네가 아프면
나도 아프고
네 맘 안 좋으면
내 맘도 쓰리다.

네가 항상 웃으면
내 마음 맑아지고
네가 즐거우면
나도 기쁘다

너의 뒤에는
항상 내가 있고
내 앞에는
언제나 네가 있다

너와 나를 생각해서도
아프면 안 되고
고향에 두고 온
부모 형제 생각해서라도
너와 난 아프면 안 되는 것

# 황혼의 삶

젊은 청춘 시절도
흘러가는 세월 속으로
떠나가 버린 추억 속에
잠자듯 곁에서
하나둘씩 이슬로 사라지고

어느덧 황혼의 노을을
맞이하게 되는 나이
흘러가는 세월에 휘감겨
자신의 온몸을 다해
부딪치고 도전하며 살았는데
이제는 황혼의 끝이 보인다

휘몰아치는 생존의 소용돌이 속
숨 가쁘게 달려와 빠져나왔는데
뜨거운 열정도 온도가 차츰 내려가는
인생 황혼의 나이

삶이란 지나고 보면
너도 빠르게
지나가는 한순간이기에
이제 남은 세월 애착이 간다

# 계절 앞에서

달 밝은 여름밤이면
보름달 움켜쥐려고
푸른 손 뻗친 나뭇가지들

넋이 나간 듯 한풀 꺾여
늘어진 잎사귀들이
떨어질 날 기다리는 듯

조락의 계절 앞에 서성인다
내년을 기약하는 처지
잔뜩 움켜드린 수목들만큼
마음마저 한껏 쪼그라들고

하나둘 떨어지는 낙엽
비애가 조금씩 느껴질 데
괜스레 발걸음만 빨라진다

지난 세월 덧칠한 회한의 무게
텅 빈 들녘 산모퉁이에 서서
지나간 인생을 돌아보는 명상
대자연의 운하에 휩쓸려가야 할
초라한 모습 새삼스레 투덜댄다

# 정인

밤새 눈이 내린 아침
여명의 눈꽃 빛처럼
순결하고 눈 시린 여인

계절을 망각해버린
허전한 내 마음을
보듬어 품어준 여인

내 영혼의 치마폭에 담아
작고 가냘픈 마음속에
들킬세라 묻어 둔 여인

그 여인의 야윈 가슴속
평온한 내 얼굴 묻어
남은 인생 기약하면서

네 마음 내 마음
함께 하고 싶은
같은 운명의 여인

# 나그네 인생

해가 되고 계절이 바뀌고
꽃들도 피고 지고
세월은 덧없이 흘러가는데
내 마음 새록새록 생각나

잠들 수 없는 그리움
내 상념의 테두리에서
항상 맴돌고 돌아서
잊히지 않아

봄볕이 눈부시게 들어와
바람결 한 가닥 없은
그리운 마음 실어 보낸다

청명한 날에
눈가에 맺힌 이슬 한 방울
하얀 목련꽃 봉우리에
곱고 아쉬운 마음 얹어본다

돌아보니 흘러간 구름 같은 세월인데
내 인생도 따라가 버린 아쉬운 추억
짧은 세월 속에 길지 않은
회한만을 남기고 간다

# 마음을 주고

당신의 닫힌 가슴 열어
내 마음 가득히 채워주련다.

물오른 숲속에는 봄 오는데
차가운 얼음장 같은 마음

따사로운 봄빛을 빌어서
내 마음 얹어 포 개여 녹여주고

봄맞이 날아온 철새들 노래
임의 창가에 들려주고 싶다

햇살이 흩어지고 지나간 자리마다
톡톡 터져 붉거져 멍이 든 꽃망울

아지랑이 피워 내게로 온 당신
화사한 봄날 나의 꽃 이여라

# 우물가에서

내 고향 시골집
울타리 안 우물가에
밤마다 살포시 내려앉는 달빛

동심의 두레박으로
어렵사리 건져 올린
내 얼굴 같은 달빛

어릴 적 순수함으로
내 영혼의 심연 속으로
일말의 작은 그리움

자꾸 보아도 싫증 나지 않는
여름 달밤 미처 숨기지 못한
이른 새벽 그믐달 수줍은 얼굴

# 타향살이

타향살이 몇 해더냐
열 손가락 꼽아보니
20년 세월 흘러서
청춘만 늙어갔다

고독하고 외로운 신세
혼자서 울다 지쳐
창문 열고 바라보니
하늘만 북쪽이네

정든 고향 버들가지
봄 맞아 푸르련만
버들피리 꺾어 불며
뛰놀던 동년 시절

타향에서 정들면
내 고향이련만
꿈결에도 그리운 고향
마음은 한달음에 가고파도
갈 수 없는 몸 안타깝구나

# 엄마 생각

흙장난에 갈라 터져
피 흐르는 내 손 잡으시고
흐느껴 우시는 어머니
철없던 그 시절에는
어머니의 깊은 눈물
나는 몰랐네

배고프다 떼질 쓰는
나를 붙잡으시고
다독여 주며 우시던
어머님

흘러간 어린 시절
철없던 동년
어머님의 한숨 소리
내가 미처 몰랐네

왜 그리 몰랐던지
왜 그리 철없었던지
한 줌의 흙이 된
나의 어머니
정말 그립고 보고 싶다
어머니 이 불효자식
용서해 주세요

# 나의 어머니

추우면 추울세라
더우면 더울세라
이 몸 보살펴주신 어머니

힘들면 힘들세라
아프면 아플세라
이 몸 안아주신 어머니

마른 길도 골라 주시며
진펄 길 걷지 말라고
따스한 마음으로
보살펴주신 어머니

근심·걱정 많던 그 눈빛
변함없는 사랑 주신 그 마음
따뜻한 손길로 이끌어 주신
인자하신 어머니

이제는 다 자란 어른이 되었어도
변함없는 사랑 주시고
기약 없는 머나먼 길
왜 일찍 떠나가셨는지
어머니가 너무나 그립다

## 추석의 고향하늘 그리며

종다리 지저귀는 내 고향 판문점
눈앞에 얼이여 오고 송아지 친구들과
함께 물장구치던 예성강 버들 숲

머나먼 천 리 타향에서
그려 보는 추석의 고향하늘
내 조국 내 고향의 달 밝은 밤

뭉게구름 두둥실 떠가는
내 고향 넓은 벌
황금 이삭 물결치며 반겨 맞아줄
고향의 드넓은 대지

지금도 고향 떠난 자식 기다리며
고향 집 사립문은
오늘도 내일도 열려 있으리

# 타향에서 이별

헤아릴 수 없이 수많은 밤
아파하며 지새웠던 그리움
이제는 아주 멀고 먼 옛날로
한낱 멀어져간 추억

그렇게도 수많은 날
온통 나의 가슴 설레게
해주었던 사랑은
봄바람에 모두 실려 갔다

아스라이 흘러간
가슴 아픈 추억
흘러간 한 부분의 연정마저
잊혀 가버린 미련

시원한 소나기처럼 왔다가
찬 소리 내버린 북풍 속에 갔지만
봄 되면 새순 돋듯이
다시 움트고 꽃이 핀다.

아픈 날 지나가고
내 가슴 한구석 자리매김한
내 고운사랑
추억으로 남아 있겠지만

이제는 너의 꿈속에 내가 없고
내 꿈속에 영영 네가 없는데
아주 잊어버린 쓰레기 추억
어디다 버려야 되나!

# 통일의 그 날 돌아가리라

정든 고향 떠나 두만강 넘을 때
동구 밖에서 두 손 흔들며
눈물 머금고 잘 다녀오라
하시던 울분의 목소리
어제도 오늘도 들려오네

집 앞에 흐르는 두만강 여울목
푸른 물결 속에서 물장구치며
뛰놀던 어린 동생들 모습
세월이 흘러 25년
오늘도 눈에 삼삼 떠오르네.

꿈에도 가보고 싶은 옛 고향
국경 아닌 국경 3.8선 장벽으로
달려갈 수 없는
사랑하는 내 정든 고향
통일의 그 날 돌아가리라

2022년 06.25일 도라산 전망대에서

매송 방윤희 제2시집
## 신이 내린 이정표

인쇄 2022년 11월 20일
발행 2022년 11월 25일

지은이 방윤희
편집인 김기진
펴낸곳 문예출판
등록번호 제2014-000020호

14202 경기도 광명시 오리로1004길 8,
                          젤라빌리지 B02호
     Mobile: : 010-4870-9870
     전자우편 : 1947kjk@naver.com
ISBN 979-11-88725-37-3
값 10,000원